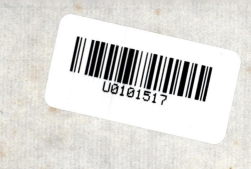

紅樓夢第一百三回

施毒計金桂自焚身　昧真禪雨村空遇舊

話說賈璉到了王夫人那邊一一的說了次日到了部裡打點停妥回來又到王夫人那邊將打聽吏部之事告知王夫人便道打聽准了麼果然這樣老爺也願意合家也放心那外任是何嘗做得的若不是那樣的參回來只怕叫那些混賬東西把老爺的性命都坑了呢賈璉道太太那裡知道王夫人道自從你二叔放了外任並沒有一個錢拿出來把家裡的倒掏摸了好些去了你瞧那些跟老爺去的人他男人在外頭不多幾時那些小老婆子們便金頭銀面的粧扮起來了可不是在外頭瞞着老爺弄錢你叔叔便由着他們鬧去若弄出事來不但自己的官做不成只怕連祖上的官也要抹掉了呢賈璉道嬸子說得狠是方纔我聽見參了嚇的了不得直等打聽明白纔放心也願意老爺做個京官安安逸逸的做幾年纔保得住一輩子的聲名就是老太太知道了倒也是放心的只要太太說得寬緩些王夫人道我知道你到底再去打聽打聽賈璉答應了纔要出來只見薛姨媽家的老婆子慌慌張張的走來到王夫人裡間屋內也沒說請安便道我們太太叫我來告訴這裡的姨太太說我們家了不得了又鬧出事來了王夫人聽了便問鬧出什麼事來那婆子又說了不得了不得王夫人哼道糊塗

東西有要緊事你到底說啊婆子便說我們家二爺不在家一個男人也沒有這件事情出來怎麼辦要求太太打發幾位爺們去料理料理王夫人聽着不懂便着急道究竟要爺們去幹什麼事婆子道我們大奶奶死了王夫人聽了便啐道這種女人死死了罷咧也值得大驚小怪的婆子道不是好好兒死的是混鬧死的快求太太打發人去辦辦說着就要走王夫人又生氣又好笑這說婆子好混賬璉哥兒倒不如的過去瞧瞧別理那糊塗東西那婆子沒聽見打發人去只聽見說別理他他便賭氣跑回去了這裡薛姨媽正在着急再等不來好容易見那婆子來了便問姨太太打發誰來婆子嘆說道人最不要有急難事什麼好親好眷看來也不中用姨太太不但不肯照應我們倒罵我糊塗薛姨媽聽了又氣又急道姨太太不管你姑奶奶怎麼說了婆子道姨太太既不管我們家的姑奶奶自然更不管了沒有去告訴薛姨媽啐道姨太太是外人姑娘是我養的怎麼不管婆子一時省悟道是啊怎麼着我還去正說着只見賈璉來了給薛姨媽請了安道了惱回說我嬸子知道弟婦死了問老婆子再說不明着急得狠打發我來問個明白還叫我在這裡料理該怎麼樣姨太太只管說了辦去薛姨媽本來氣得乾哭聽見賈璉的話便笑着說倒要二爺費心我說姨太太是待我最好的都是這老貨說不清幾乎悞了事請二爺

坐下等我慢慢的告訴你便說不爲别的事爲的是媳婦不是好死的賈璉道想是爲兄弟犯事怨命死的薛姨媽道若這樣倒好了前幾個月頭裡他天天蓬頭赤脚的瘋鬧後來聽見你兄弟問了死罪他雖哭了一塲已後倒擦胭抹粉的起来我若說他又要吵個了不得我總不理他有一天不知怎麼樣來要香菱去作伴我說你放着寶蟾還要香菱做什麼况且香菱是你不愛的何苦招氣生他必不依我没法兒便叫香菱到他屋裡去可憐這香菱不敢違我的話帶着病就去了誰知道他待香菱狠好我倒喜歡你大妹妹知道了說只怕不是好心罷我也不理會頭幾天香菱病著他倒親手去做湯給他吃那知香

菱没福剛端到跟前他自已燙了手連碗都砸了我只說必要遷怒在香菱身上他倒没生氣自已還拿笤箒掃了拿水潑凈了地仍舊兩個人狠好昨兒晚上又叫寶蟾去做了兩碗湯來自已說同香菱一塊兒喝隔了一回聽見他屋裡兩隻脚蹬响寶蟾急的亂嚷已後香菱也嚷着扶着墻出來叫人我忙着看去只見媳婦鼻子眼睛裡都流出血來在地下亂滚兩手在心口亂抓兩脚亂蹬把我就嚇死了問他也說不出來只管直嚷鬧了一回就死了我瞧那光景是服了毒的寶蟾便哭着來揪香菱說他把藥藥死了奶奶了我看香菱也不是這麼樣的人再者他病的起還走不來怎麼能藥人呢無奈寶蟾一口咬定

我的二爺這叫我怎麽辦只得硬着心腸叫老婆子們把香菱捆了交給寶蟾便把房門反扣了我同你二妹妹守了一夜等府裡的門開了纔告訴去的二爺你是明白人這件事怎麽好賈璉道夏家知道了沒有薛姨媽道也得撕擄明白了纔好報啊賈璉道據我看起来必要經官纔了得下来我們自然疑在寶蟾身上別人便說寶蟾爲什麽藥死他奶奶也是沒答對的若說在香菱身上竟還裝得上正說着只見榮府女人們進來說我們二奶奶來了賈璉雖是大伯子因從小兒見的也不迴避寶釵進来見了母親又見了賈璉便往裡間屋裡同寶琴坐下薛姨媽也將前事告訴一遍寶釵便說若把香菱細了可不是我們也說是香菱藥死的了麽媽媽說這湯是寶蟾做的就

該捆起寶蟾来問他呀一面便該打發人報夏家去一面報官的是薛姨媽聽見有理便問賈璉賈璉道二妹子說得狠是報官還得我去托了刑部裡的人相驗問口供的時候有照應得只是要捆寶蟾放香菱倒怕難些薛姨媽道並不是我要捆香菱我恐怕香菱病中受冤着急一時尋死又添了一條人命纔捆了交給寶蟾也是一個主意賈璉道雖是這麽說我們倒幫了寶蟾了若要放都放要捆都捆他們三個人是一處的只要叫人安慰香菱就是了薛姨媽便叫人開門進去寶釵就派了帶来幾個女人幫着捆寶蟾只見香菱已哭得死去活来寶蟾

反得意洋洋已後見人要捆他便亂嚷起來那禁得榮府的人吆喝着也就捆了竟開着門好叫人看着這裡報夏家的人已經出了那夏家先前不住在京裡因近年消索又記掛女兒新近搬進京來父親已沒只有母親又過繼了一個渾賬兒子把家業都花完了不時的常到薛家那金桂原是個水性人兒那裡守得住空房況兼天天心裡想念薛蝌便有些饑不擇食的光景無奈他這一乾兄弟又是個蠢貨雖也有些知覺祇是尚未入港所以金桂時常叫去也幫貼他些銀錢這些時正盼金桂回家只見薛家的人來心裡就想又拿什麼東西來了不料說這裡姑娘服毒死了他便氣得亂嚷亂叫金桂的母親聽見了更哭喊起來說好端端的女孩兒在他家爲什麼服了毒呢哭着喊着的帶了兒子也等不得僱車便要走來那夏家本是買賣人家如今沒了錢那顧什麼臉面兒子頭裡就走後跟了一個破老婆子出了門在街上啼啼哭哭的僱了一輛破車便跑到薛家進門也不打話便兒一聲肉一聲的要討人命那時賈璉到刑部托人家裡只有薛姨媽寶釵寶琴何曾見過個陣仗都嚇得不敢則聲便要與他講理他們也不聽只說我女孩兒在你家得過什麼好處兩口朝打暮罵的鬧了幾將還不容他兩口子在一處你們商量着把女婿弄在監裡永不見面你們娘兒們仗着好親戚受用也罷了還嫌他碍眼叫人藥死了

他倒說是服毒他為什麼服毒說着直奔着薛姨媽來薛姨媽只得後退說親家太太且請瞧瞧你女兒問問寶蟾再說歪話不遲那寶釵寶琴因外面有夏家的兒子難以出來攔護只在裡邊着急恰好王夫人打發周瑞家的照看一進門來見一個老婆子指着薛姨媽的臉哭罵周瑞家的知道必是金桂的母親便走上來說這位是親家太太麼大奶奶自己服毒死的與我們姨太太什麼相干也不犯這麼遭塌呀那金桂的母親問你是誰薛姨媽見有了人胆子略壯了些便說這就是我親戚賈府裡的金桂的母親便說道誰不知道你們有仗腰子的親戚纔能彀叫姑爺坐在監裡如今我的女孩兒倒白死了不成

說着便拉薛姨媽說你到底把我女兒怎樣弄殺了給我瞧瞧周瑞家的一面勸說只管瞧瞧用不着拉拉扯扯便把手一推夏家的兒子便跑進來不依道你仗着府裡的勢頭兒來打我母親麼說着便將椅子打去却沒有打着裡頭跟寶釵的人聽見外頭鬧起來赶着來瞧恐怕周瑞家的吃虧齊打夥的上去半勸半喝那夏家的母子索性撒起潑來說知道你們榮府的勢頭兒我們家的姑娘已經死了如今也都不要命了說着仍奔薛姨媽拚命地下的人雖多那裡擋得住自古說的一人拚命萬夫莫當正鬧到危急之際賈璉帶了七八個家人進來見是如此便叫人先把夏家的兒子拉出去便說你們不許鬧有

話好好兒的說快將家裡收拾收拾刑部裡頭的老爺們就來相驗了金桂的母親正在撒潑只見來了一位老爺幾個在頭裡吆喝那些人都垂手侍立金桂的母親見這個光景也不知是賈府何人又見他兒子已被衆人揪住又聽見說刑部來驗他心裡原想看見女兒屍首先鬧了一個稀爛再去喊官去不承望這裡先報了官也便軟了些薛姨媽已嚇糊塗了還是周瑞家的囘說他們來了也沒有去瞧他姑娘便作踐起姨太太來了我們爲好勸他那裡跑進一個野男人在奶奶們裡頭渾撒村渾打這可不是沒有王法了賈璉道這囘子不用和他講理等一會子打着問他說男人有男人的所在裡頭都是些姑

娘奶奶們況且有他母親還瞧不見他們姑娘麼他跑進來不是要打搶來了麼家人們做好做歹壓伏住了周瑞家的仗着人多便說夏太太你不懂事既來了該問個青紅皂白你們姑娘是自已服毒死了不然便是寶蟾藥死他主子了怎麼不問明白又不看屍首就想訛人來了呢我們就肯叫一個媳婦兒白死了不成現在把寶蟾捆着因爲你們姑娘必要點病兒所以叫香菱陪着他也在一個屋裡住故此兩個人都看守在那裡原等你們來眼看着刑部相驗問出道理來纔是啊金桂的母親此時勢孤也只得跟着周瑞家的到他女孩兒屋裡只見滿臉黑血直挺挺的躺在炕上便叫哭起來寶蟾見是他家的

人來便哭喊說我們姑娘好意待香菱叫他在一塊兒住他倒
抽空兒藥死我們姑娘那時薛家上下人等俱在便齊聲吆喝
道胡說昨日奶奶喝了湯纔藥死的這湯可不是你做的寶蟾
道湯是我做的端了來我有事走了不知香菱起来放些什麼
在裏頭藥死的金桂的母親聽未說完就奔香菱眾人攔住薛
姨媽便道這樣子是砒霜藥的家裡決無此物不管香菱寶蟾
終有替他買的回來刑部少不得問出來纔賴不去如今把媳
婦權放平正好等官来相驗眾婆子上來抬放寶釵道都是男
人進來你們將女人動用的東西檢點檢點只見炕褥底下有
一個揉成團的紙包兒金桂的母親瞧見便拾起打開看時并

沒有什麼便撩開了寶蟾看見道可不是有了憑據了這個紙
包兒我認得頭幾天耗子鬧得慌奶奶家去與舅爺要的拿回
来擱在首飾匣內必是香菱看見了拿來藥死奶奶的若不信
你們看看首飾匣裡有沒有了金桂的母親便依着寶蟾的話
在取出匣子只有幾支銀簪子薛姨媽便說怎麼好些首飾都
沒有了寶釵叫人打開箱櫃俱是空的便道嫂子這些東西被
誰拿去這可要問寶蟾金桂的母親心裡也虛了好些見薛姨
媽查問寶蟾便說姑娘的東西他那裏知道周瑞家的道親家
太太別這麼說呢我知道寶姑娘是天天跟着大奶奶的怎麼
說不知道寶蟾見問得緊又不好胡賴只得說道奶奶自己每

每帶回家去我管得麽衆人便說好個親家太太哄着拿姑娘的東西哄完了叫他尋死來訛我們好罷了回来相驗便是這麽說寶釵叫人到外頭告訴璉二爺說別放了夏家的人裡面金桂的母親忙了手脚便駡寶蟾道小蹄子別嚼舌頭了姑娘幾時拿東西到我家去寶蟾道如今東西是小給姑娘償命是大寶琴道有了東西就有償命的人了快請璉二哥哥問準了夏家的兒子買砒霜的話回來好回刑部裡的話金桂的母親着了急道這寶蟾必是撞見鬼了渾說起來我們姑娘何嘗買過砒霜若這麽說必是寶蟾藥死了的寶蟾急的亂嚷說別人賴我也罷了怎麽你們也賴起我來呢你們不是常和姑娘說

叫他別受委屈鬧得他們家破人亡那時將東西捲包兒一走再配一個好姑爺這個話是有的没有金桂的母親還未及答言周瑞家的便接口說道這是你們家的人說的還賴什麽呢金桂的母親恨的咬牙切齒的駡寶蟾說我待你不錯呀為什麽你倒拿話來葬送我呢回来見了官我就說是你藥死姑娘的寶蟾氣得瞪着眼說請太太放了香菱罷不犯着白害別人我見官自有我的話寶釵聽出這個話頭兒來了便叫人反倒放開了寶蟾說你原是個爽快人何苦白寃在裡頭你有話索性說了大家明白豈不完了事了呢寶蟾也怕見官受苦便說我們奶奶天天抱怨說我這樣人為什麽碰着這個瞎眼的娘

不配給二爺偏給了這麽個混賬糊塗行子要是能彀同二爺過一天死了也是願意的說到那裡便恨香菱我起初不理會後來看見與香菱好了我知道是香菱教他什麽子不承望昨兒的湯不是好意金桂的母親接說道益發胡說了若是要藥香菱為什麽倒藥了自己呢寶釵便問道香菱昨日你喝湯來着没有香菱道頭幾天我病得抬不起頭來奶奶叫我喝湯我不敢說不喝剛要扎掙起來那碗湯已經洒了倒叫奶奶收拾了個難我心裡很過不去昨兒聽見叫我喝湯我喝不下去没有法兒正要喝的時候兒呢偏又頭暈起來只見寶蟾姐姐端了去我正喜歡剛合上眼奶奶自己喝著湯叫我嚐嚐我便勉強也喝了寶蟾不待說完便道是了我老實說罷昨兒奶奶叫我做兩碗湯說是和香菱同喝我氣不過心裡想著香菱那裡配我做湯給他喝呢我故意的一碗裡頭多抓了一把鹽記了暗記兒原想給香菱喝的剛端進來奶奶却攔著我叫外頭叫小子們僱車說今日回家去我出去說了回來見鹽多的這碗湯在奶奶跟前呢我恐怕奶奶喝著鹹又要罵我正没法的時候奶奶往後頭走動我眼錯不見就把香菱這碗湯換了過來也是合該如此奶奶回來就拿了湯去到香菱床邊喝著說你到底嚐嚐那香菱也不覺鹹兩個人都喝完了我正笑香菱没嘴道兒那裡知道這死鬼奶奶要藥香菱必定趂我不在將砒

覇撒上了也不知道我換碗這可就是天理昭彰自害自身了于是衆人往前後一想真正一絲不錯便將香菱也放了扶着他仍舊睡在床上不說香菱得放且說金桂的母親心虛事寔還想辨賴薛姨媽等你言我語反要他兒子償還金桂之命正然吵嚷賈璉在外嚷說不用多說了快收拾停當刑陪的老爺就到了此時惟有夏家母子着忙想来總要吃虧的不得已反求薛姨媽道千不是萬不是終是我死的女孩兒不長進這也是他自作自受若是刑部相驗到底府上臉面不好看求親家太太息了這件事罷寳釵道那可使不得已經報了怎麼能歇呢周瑞家的等人大家做好做歹的勸說若要息事除非夏親

家太太自已出去攔驗我們不提長短罷了賈璉在外也將他兒子嚇住他情愿迎到刑部具結攔驗衆人依允薛姨媽命人買棺成殮不題且說賈雨村陞了京兆府尹兼管稅務一日出都查勘開墾地畝路過知機縣到了急流津正要渡過彼岸因待人夫暫且停轎只見村傍有一座小廟墻壁坍頹露出幾株古松倒也蒼老雨村下轎閒步進廟但見廟內神像金身脫落殿宇歪斜傍有斷碣字蹟糢糊也看不明白意欲行至後殿只見一株翠栢下蔭着一間茅廬廬中有一個道士合眼打坐雨村走近看時面貌甚熟想着倒像在那裡見來的一時再想不出來從人便欲吆喝雨村止住徐步向前叫一聲老道那道士

雙眼微啟微微的笑道貴官何事雨村便道本府出都查勘事件路過此地見老道靜修自得想來道行深通意欲冒昧請教那道人說來自有地去自有方雨村知是有些來歷的便長揖請問道老從何處修來在此結廬此廟何名廟中共有幾人或欲真修豈無名山或欲廬緣何不通衢那道人道葫蘆尚可安身何必名山結舍廟名久隱斷碣猶存形影相隨何須修募豈似那玉在匱中求售價釵于匣內待時飛之輩耶雨村原是個穎悟人初聽見葫蘆兩字後聞寶釵一對忽然想起甄隱士的事來重復將那道士端詳一回見他容貌依然便屏退從人問道君家莫非甄老先生麼那道人微微笑道什麼真什麼假要

知道真即是假假即是真雨村聽說出賈字來益發無疑便從新施禮道學生自蒙慨贈到都托庇獲雋公車受任貴鄉始知老先生超悟塵凡飄舉仙境學生雖溯洄思切自念風塵俗吏未由再覩仙顏今何幸于此處相遇求老仙翁指示愚蒙倘荷不棄京寓甚近學生當得供奉得以朝夕聆教那道人也站起來回禮道我于蒲團之外不知天地間尚有何物適纔尊官所言貧道一槩不解說畢依舊坐下雨村復又心疑想去若非士隱何貌言相似若此離別來十九載面色如舊必是修煉有成未肯將前身說破但我既遇恩公又不可當面錯過看來不能以富貴動之那妻女之私更不必說了想罷又道仙師既不肯

說破前因弟子于心何忍正要下禮只見從人進來稟說天色將晚快請渡河雨村正無主意那道人道請尊官速登彼岸見面有期遲則風浪頓起果蒙不棄貧道他日尚在渡頭候教說畢仍合眼打坐雨村無奈只得辭了道人出廟正要渡過只見一人飛奔而來未知何事下回分解

紅樓夢第一百三回終

紅樓夢第一百四回

醉金剛小鰍生大浪　痴公子餘痛觸前情

話說賈雨村剛欲過渡見有人飛奔而來跑到跟前口稱老爺方纔逛的那廟火起了雨村回首看時只見烈炎燒天飛灰蔽日雨村心想這也奇怪我纔出來走不多遠這火從何而來莫非士隱遭刼于此欲待回去又恐悞了過河若不回去心下又不安想了一想便問道你方纔見這老道士出來了沒有那人道小的原隨老爺出來因腹內疼痛略走了一走回頭看見一片火光原來就是那廟中火起特趕來禀知老爺並沒有見有人出來雨村雖則心裡狐疑究竟是名利關心的人那肯回去

看視便叫那人你在這裡等火滅了進去瞧那老道在與不在即來回禀那人只得答應了伺候雨村過河仍自去查看查了幾處遇公館便自歇下明日又行一程進了都門衆衙役接着前呼後擁的走着雨村坐在轎內聽見轎前開路的人吵嚷雨村問是何事那開路的拉了一個人過來跪在轎前禀道那人酒醉不知廻避反冲突過來小的吆喝他他倒恃酒撒賴躺在街心說小的打了他了雨村便道我是管理這裡地方的你們都是我的子民知道本府經過喝了酒不知退避還敢撒賴那人道我喝酒是自己的錢醉了躺的是皇上的地便是大人老爺也管不得雨村怒道這人目無法紀問他叫什麽名字那人

叫道我叫醉金剛倪二雨村聽了生氣叫人打這金剛瞧他是金剛不是手下把倪二按倒着實的打了幾鞭倪二負痛酒醒求饒雨村在轎內笑道原来是這麼個金剛麼我且不打你叫人帶進衙門慢慢的問你衆衙役答應拴了倪二拉着便走倪二哀求也不中用雨村進內覆旨回曹那裡把這件事放在心上那街上看熱鬧的三三兩兩傳說倪二仗着有些力氣恃酒訛人今兒碰在賈大人手裡只怕不輕饒的這話已傳到他妻女耳邊那夜果等倪二不見回家他女兒便到各處賭場尋覓那賭博的都是這麼說他女兒急得哭了衆人都道你不用着急那賈大人是榮府的一家榮府裡的一個什麼二爺和你父親相好你因你母親去找他說個情就放出來了倪二的女兒聽了想了一想果然我父親常說間壁賈二爺和他好爲什麼不找他去趕着回来即和母親說了娘兒兩個去找賈芸那日賈芸恰在家見他母女兩個過來便讓坐賈芸的母親便倒茶倪家母女即將倪二被賈大人拿去的話說了一遍求二爺說情放出来賈芸一口應承說這算不得什麼我到西府裡說一聲就放了那賈大人全仗我家的西府裡纔得做了這麼大官只要打發個人去一說就完了倪家母女歡喜回來便到府裡告訴了倪二叫他不用忙已經求了賈二爺他滿口應承討個情便放出来的倪二聽了也喜歡不料賈芸自從那日給鳳姐

送禮不收不好意思進來也不常到榮府那榮府的門上原看着主子的行事叫誰走動纔有些體面一時來了他便進去通報若主子不大理了不論本家親戚他一槩不回支了去就完事那日賈芸到府上說給璉二爺請安門上的說二爺不在家等回來我們替回罷賈芸欲要說請二奶奶的安生恐門上厭煩只得回家又被倪家母女催逼着說二爺常說府上是不論那個衙門說一聲誰敢不依如今還是府裡的一家又不為什麼大事這個情還討不來白是我們二爺了賈芸臉上下不來嘴裡還說硬話昨兒我們家裡有事沒打發人說去少不得今兒說了就放什麼大不了的事倪家母女只得聽信豈知賈芸

近日大門竟不得進去繞到後頭要進園內找寶玉不料園門鎖着只得垂頭喪氣的回來想起那年倪二借銀與我買了香料送給他纔派我種樹如今我沒有錢去打點就把我拒絕他也不是什麼好的拿着太爺留下的公中銀錢在外放加一錢我們窮本家要借一兩也不能他打諒保得住一輩子不窮的了那知外頭的聲名狠不好我不說罷了若說起來人命官司不知有多少呢一面想着來到家中只見倪家母女都等着賈芸無言可支便說道西府裡已經打發人說了只言賈大人不依你還求我們家的奴才周瑞的親戚冷子興去纔中用倪家母女聽了說二爺這樣體面爺們還不中用若是奴才是更不

中用了賈芸不好意思心裡發急道你不知道如今的奴才比主子强多着呢倪家母女聽來無法只得冷笑幾聲說這倒難爲二爺白跑了這幾天等我們那一個出來再道乏罷說畢出來另托人將倪二弄了出來只打了幾板也沒有什麽罪倪二囬家他妻女將賈家不肯說情的話說了一遍倪二正喝着酒便生氣要找賈芸說這小雜種沒良心的東西頭裡他沒有飯吃要到府內鑽謀事辦虧我倪二爺帮了他如今我有了事他不管好罷咧若是我倪二鬧出來連兩府裡都不乾凈他妻女忙勸道噯你又喝了黃湯便是這樣有天沒日頭的前兒可不是醉了鬧的亂子捱了打還沒好呢你又鬧了倪二道捱了打便怕他不成只怕拿不着由頭我在監裡的時候倒認得了好

幾個有義氣的朋友聽見他們說起來不獨是城內姓賈的多外省姓賈的也不少前兒監裡收下了好幾個賈家的家人我倒說這裡的賈家小一輩子並奴才們雖不好他們老一輩的還好怎麽犯了事我打聽打聽說是這裡和賈家是一家都住在外省審明白了解進來問罪的我纔放心若說賈二這小子他忘恩負義我便和幾個朋友說他家怎樣倚勢欺人怎樣盤剥小民怎樣强娶有男婦女叫你們吵嚷出來有了風聲到了都老爺耳朶裡這一鬧起來叫你們纔認得倪二金剛呢他女人道你喝了酒睡去罷他又强占誰家的女人來了沒有的事

你不用混說了倪二道你們在家裡那裡知道外頭的事前年我在賭場裡碰見了小張說他女人被賈家占了他還和我商量我倒勸他纔了事的但不知這小張如今那裡去了這兩年沒見若碰着了他我倪二出個主意叫賈老二死給我好好的孝敬孝敬我倪二太爺纔罷了你倒不理我了說着倒身躺下嘴裡還是咕咕嘟嘟的說了一回便睡去了他妻女只當是醉話也不理他明日早起倪二又往賭場中去了不題且說雨村回到家中歇息了一夜將道上遇見甄士隱的事告訴了他夫人一遍他夫人便埋怨他為什麽不回去瞧一瞧倘或燒死了可不是偺們沒良心說着掉下淚來雨村道他是方外的人了

不肯和咱們在一處的正說着外頭傳進話來稟說前日老爺吩咐瞧火燒廟去的回來了回話雨村踱了出來那衙役打千請了安回說小的奉老爺的命回去也不等火滅便冒火進去瞧那個道士豈知他坐的地方多燒了小的想着那道士必定燒死了那燒的墻屋往後塌去道士的影兒都沒有只有一個蒲團一個瓢兒還是好好的小的各處找尋他的尸首連骨頭都沒有一點兒小的恐老爺不信想要拿這蒲團瓢兒回來做個証見小的這麽一拿豈知都成了灰了雨村聽畢心下明白知士隱仙去便把那衙役打發了出去回到房中並沒提起士隱火化之言恐他婦女不知反生悲感只說並無形跡必是他

先走了雨村出來獨坐書房正要細想士隱的話忽有家人傳報說內廷傳旨交看事件雨村疾忙上轎進內只聽見人說今日賈存周江西粮道被參回來在朝內謝罪雨村忙到了內閣見了各大人將海疆辦理不善的旨意看了出來即忙找着賈政先說了些爲他抱屈的話後又道喜問一路可好賈政也將違別以後的話細細的說了一遍雨村道謝罪的本上了去沒有賈政道已上去了等膳後下來看旨意罷正說着只聽裡頭傳出旨來叫賈政賈政即忙進去各大人有與賈政關切的都在裡頭等着等了好一回方見賈政出來看見他帶着滿頭的汗衆人迎上去接着問有什麽旨意賈政吐舌道嚇死人嚇死

人倒蒙各位大人關切幸喜没有什麽事衆人道旨意問了些什麽賈政道旨意問的是雲南私帶神鎗一案本上奏明是原任太師賈化的家人主上一時記着我們先祖的名字便問起來我忙着磕頭奏明先祖的名字是代化主上便笑了還降旨意說前放兵部後降府尹的不是也叫賈化麽那時雨村也在傍邊倒嚇了一跳便問賈政道老先生怎麽奏的賈政道我便慢慢奏道原任太師賈化是雲南人現任府尹賈某是浙江湖州人主上又問蘇州刺史奏的賈範是你一家了我又磕頭奏道是主上便變色道縱使家奴强占良民妻女還成事麽我一句不敢奏主上又問道賈範是你什麽人我忙奏道是遠族主上

哼了一聲降旨叫出來了可不是咤事衆人道本來也巧怎麽
一連有這兩件事賈政道事到不奇倒是都姓賈的不好筭來
我們寒族人多年代久了各處都有現在雖沒有事究竟主上
記着一個賈字就不好衆人說真是真假是假怕什麽賈政道
我心裡巴不得不做官只是不敢告老現在我們家裡兩個世
襲這也無可奈何的雨村道如今老先生仍是工部想來京官
是沒有事的賈政道京官雖然無事我究竟做過兩次外任也
就說不齊了衆人道二老爺的人品行事我們都佩服的就是
令兄大老爺也是個好人只要在令姪輩身上嚴緊些就是了
賈政道我因在家的日子少舍姪的事情不大查考我心裡也

不甚放心諸位今日提起都是至相好或者聽見東宅的姪兒
家有什麽不奉規矩的事麽衆人道沒聽見別的只有幾位侍
郎心裡不大和睦內監裡頭也有些想來不怕什麽只要囑咐
那邊令姪諸事留神就是了衆人說畢舉手而散賈政然後回
家衆子侄等都迎接上來賈政迎着請賈母的安然後衆子侄
俱請了賈政的安一同進府王夫人等已到了榮禧堂迎接賈
政先到了賈母那裡拜見了陳述些違別的話賈母問探春消
息賈政將許嫁探春的事都稟明了還說兒子起身急促難過
重陽雖沒有親見聽見那邊親家的人來說的極好親家老爺
太太都說請老太太的安還說今冬明春大約還可調進京來

這便好了如今聞得海疆有事只怕那時還不能調賈母始則因賈政降調回来知探春遠在他鄉一無親顧心下不悅後聽賈政將官事說明探春安好也便轉悲爲喜便笑着叫賈政出去然後弟兄相見衆子姪拜見定了明日清晨拜祠堂賈政回到自巳屋內王夫人等見過寶玉賈璉替另拜見賈政見了寶玉果然比起身之時臉面豐滿倒覺安靜并不知他心裡糊塗所以心甚喜歡不以降調爲念心想幸虧老太太辦理的好又見寶釵沉厚更勝先時蘭兒文雅俊秀便喜形於色獨見環兒仍是先前究不甚鍾愛歇息了半天忽然想起爲何今日短了一人王夫人知是想着黛玉前因家書未報今日又初到家正是喜歡不便直告只說是病着豈知寶玉的心裡已如刀絞因父親到家只得把持心性伺候王夫人家筵接風子孫敬酒鳳姐雖是姪媳現辦家事也隨了寶釵等遞酒賈政便叫遞了一巡酒都歇息去罷命衆家人不必伺候待明早拜過宗祠然後進見分派已定賈政與王夫人說些別後的話餘者王夫人都不敢言倒是賈政先提起王子騰的事来王夫人也不敢悲戚賈政又說蟠兒的事王夫人只說他是自作自受趁便也將黛玉已死的話告訴賈政反嚇了一驚不覺掉下淚來連聲嘆息王夫人也掌不住也哭了傍邊彩雲等即忙拉衣王夫人止住重又說些喜歡的話便安寢了次日一早至宗祠行禮衆子姪

都隨往賈政便在祠旁廂房坐下叫了賈珍賈璉過来問起家中事務賈珍揀可說的說了賈政又道我初回家也不便來細細查問只是聽見外頭說起你家裡更不比往前諸事要謹慎纔好你年紀也不小了孩子們該管教管教別叫他們在外頭得罪人璉兒也該聽聽不是纔回家便說你們因我有所聞所以纔說的你們更該小心些賈珍等臉漲通紅的也只答應個是字不敢說什麽賈政也就罷了回歸西府衆家人磕頭畢仍復進內衆女僕行禮不必多贅只說寶玉因昨賈政問起黛玉王夫人答以有病他便暗裡傷心直待賈政命他回去一路上已滴了好些眼淚回到房中見寶釵和襲人等說話他便獨坐

外納悶寶釵叫襲人送過茶去知他必是怕老爺查問工課所以如此只得過來安慰寶玉便借此說你們今夜先睡一回我要定定神這時更不如從前三言倒忘兩語老爺瞧了不好你們睡罷叫襲人陪着我寶釵聽去有理便自已到房先睡寶玉輕輕的叫襲人坐着央他把紫鵑叫來有話問他但是紫鵑見了我臉上嘴裡總是有氣是的須得你去解釋開了他來纔好襲人道你說要定神我倒喜歡怎麽又定到這上頭了有話你明兒問不得寶玉道我就是今晚得閒明日倘或老爺叫幹什麽便沒空兒好姐姐你快去叫他來襲人道他不是二奶奶叫是不來的寶玉道我所以央你去說明白了纔好襲人道叫我

說什麼寶玉道你還不知道我的心也不知道他的心麼都爲的是林姑娘你說我並不是負心的我如今叫你們弄成了一個負心人了說着這話便瞧瞧裡頭用手一指說他是我本不願意的都是老太太他們捉弄的好端端把一個林妹妹弄死了就是他死也該叫我見見說個明白他自己死了也不怨我你是聽見三姑娘他們說的臨死恨怨我那紫鵑爲他姑娘也恨得我了不得你想我是無情的人麼晴雯倒底是個丫頭也沒有什麼大好處他死了我老實告訴你罷我還做個祭文去祭他那時林姑娘還親眼見的如今林姑娘死了莫非倒不如晴雯麼死了連祭都不能祭一祭林姑娘死了還有知的他想

起來不要更怨我麼襲人道你要祭便祭去要我們做什麼寶玉道我自從好了起來就想要做一首祭文的不知道我如今一點靈機都沒有了若祭別人胡亂却使得若是他斷斷俗俚不得一點兒的所以叫紫鵑來問他姑娘這條心他們打從那樣上看出來的我沒病的頭裡還想得出來一病已後都不記得你說林姑娘已經好了怎麼忽然死的他好的時候我不去他怎麼說我病時候他不來他也怎麼說所以有他的東西我誆了過來你二奶奶總不叫我動不知什麼意思襲人道二奶奶惟恐你傷心罷了還有什麼寶玉道我不信旣是他這麼念我爲什麼臨死都把詩稿燒了不留給我作個記念又聽見說

天上有音樂響必是他成了神或是登了仙去我雖見過了棺材倒底不知道棺材裡有他沒有襲人道你這話益發糊塗了怎麽一個人不死就擱上一個空棺材當死了人呢寶玉道不是嗄大凡成仙的人或是肉身去的或是脫胎去的好姐姐你倒底叫了紫鵑來襲人道如今等我細細的說明了你的心他若肯來還好若不肯來還得費多少話就是來了見你也不肯細說據我主意明後日等二奶奶上去了我慢慢的問他或者倒可存細遇着閒空兒我再慢慢的告訴你寶玉道你說得也是你不知道我心裡的着急正說着麝月出來說二奶奶說天已四更了請二爺進去睡罷襲人姐姐必是說高了興了忘了

時候兒了襲人聽了道可不是該睡了有話明兒再說罷寶玉無奈只得含愁進去又向襲人耳邊道明兒不要忘了襲人笑說知道了麝月笑道你們兩個又鬧鬼了何不和二奶奶說了就到襲人那邊睡去由着你們說一夜我們也不管寶玉擺手道不用言語襲人恨道小蹄子你又嚼舌根看我明兒撕你的轉頭來對寶玉道這不是二爺鬧的說了四更的話總沒有說到這裡一面說一面送寶玉進屋各人散去那夜寶玉無眠到了明日還思這事只聞得外頭傳進話來說衆親朋因老爺回家都要送戲接風老爺再四推辭說唱戲不必竟在家裡備了水酒倒請親朋過來大家談談於是定了後兒擺席請人所以

進來告訴不知所請何人下回分解

紅樓夢第一百四回終

紅樓夢第一百五回

錦衣軍查抄寧國府　驄馬使彈劾平安州

話說賈政正在那裡設宴請酒忽見賴大急忙走上榮禧堂來回賈政道有錦衣府堂官趙老爺帶領好幾位司官說來拜望奴才要取職名來回趙老爺說我們至好不用的一面就下車來走進來了請老爺同爺們快接去賈政聽了心想趙老爺並無來往怎麼也來現在有客留他不便不留又不好正自思想賈璉說叔叔快去罷再想一回人都進來了正說着只見二門上家人又報進來說趙老爺已進二門了賈政等搶步接去只見趙堂官滿臉笑容並不說什麼一逕走上廳來後面跟着五

六位司官也有認得的也有不認得的但是總不答話賈政等心裡不得主意只得跟了上來讓坐衆親友也有認得趙堂官的見他仰着臉不大理人只拉着賈政的手笑着說了幾句寒溫的話衆人看見來頭不好也有躲進裡間屋裡的也有垂手侍立的賈政正要帶笑敘話只見家人慌張報道西平王爺到了賈政慌忙去接已見王爺進來趙堂官搶上去請了安便說王爺已到隨來各位老爺就該帶領府役把守前後門衆官應了出去賈政等知事不好連忙跪接西平郡王用兩手扶起笑嘻嘻的說道無事不敢輕造有奉旨交辦事件要赦老接旨如今滿堂中筵席未散想有親友在此未便且請衆位府上親友

各散獨留本宅的人聽候趙堂官回說王爺雖是恩典但東邊的事這位王爺辦事認真想是早已封門衆人知是兩府干係恨不能脫身只見王爺笑道衆位只管就請叫人來給我送出去告訴錦衣府的官員說這都是親友不必盤查快快放出那些親友聽見就一溜烟如飛的出去了獨有賈赦賈政一干人唬得面如土色滿身發顫不多一回只見進來無數翻役各門把守本宅上下人等一步不能亂走趙堂官便轉過一付臉來回王爺道請爺宣旨意就好動手這些翻役都撩衣勒臂專等旨意西平王慢慢的說道小王奉旨帶領錦衣府趙全來查看賈赦家產賈赦等聽見俱俯伏在地王爺便站在上頭說有旨

意賈赦交通外官依勢凌弱辜負朕恩有忝祖德着革去世職欽此趙堂官一叠聲叫拿下賈赦其餘皆看守維時賈赦賈政賈璉賈珍賈蓉賈薔賈芝賈蘭俱在惟寶玉假說有病在賈母那邊打鬧賈環本來不大見人的所以就將現在几人看住趙堂官即叫他的家人傳齊司員帶同翻役分頭按房抄查登賬這一言不打緊唬得賈政上下人等面面相看喜得翻役家人摩拳擦掌就要往各處動手西平王道聞得赦老與政老同房各爨的理應遵旨查看賈赦的家資其餘且按房封鎖我們覆旨去再候定奪趙堂官站起來說回王爺賈赦賈政並未分家聞得他侄兒賈璉現在承總管家不能不盡行查抄西平王聽

可也不言語趙堂官便說賈璉賈赦兩處須得奴才帶領去查
抄纔好西平王便說不必忙先傳信後宅且請內眷迴避再查
不遲一言未了老趙家奴翻役已經拉着本宅家人領路分頭
查抄去了王爺喝命不許囉唕本爵自行查看說着便慢慢的
站起來要走又吩咐說跟我的人一個不許動都給我站在這
裡候着回來一齊瞧着登數正說着只見錦衣司官跪禀說在
內查出御用衣裙並多少禁用之物不敢擅動回來請示王爺
一回兒又有一起人來攔住王爺就回說東跨所抄出兩箱房
地契又一箱借票却都是違例取利的老趙便說好個重利盤
剝狠該全抄請王爺就此坐下叫奴才去全抄來再候定奪罷

說着只見王府長史來禀說守門軍傳進來說主上特北靜王
到這裡宣旨請爺接去趙堂官聽了心裡喜歡說我好悔氣碰
着這個酸王如今那位來了我就好施威一面想着也迎出來
只見北靜王已到大聽就向外站着說有旨意錦衣府趙全聽
宣說奉旨意着衣官惟提賈赦質審餘交西平王遵旨查辦欽
此西平領了好不喜歡便與北靜王坐下着趙堂官提取賈赦
回衙裡頭那些查抄的人聽得北靜王到俱一齊出來及聞趙
堂走了大家没趣只得侍立聽北靜王便揀選兩個誠實
司官并十來個老年翻役餘者一槩逐出平王便說我正與老
趙生氣幸得王爺到來降旨不然這裡狠吃大虧北靜王說我

在朝內聽見王爺奉旨查抄賈宅我甚放心諒這裡不致荼毒不料老趙這麽渾賬但不知現在政老及寶玉在那裡裡面不知鬧到怎麽樣了衆人回稟賈政等在下房看守着裡面已抄得亂騰騰的了西平王便吩咐司員快將賈政帶來問話衆人命帶了上来賈政跪了請安不免含淚乞恩北靜王便起身拉着說政老放心便將旨意說了賈政感激涕零望北又謝了恩仍上来聽候王爺道政老方纔老趙在這裡的時候番役呈稟有禁用之物幷重利欠票我們也難掩過這禁用之物原辦進貴妃用的我們聲明也無礙獨是借券想個什麽法兒纔好如今政老且帶司員實在將赦老家產呈出也就了事切不可再

有隱匿自乾罪戾賈政答應道犯官再不敢但犯官祖父遺產並未分過惟各人所住的房屋有的東西便爲已有兩王便說這也無妨惟將赦老那一邊所有的交出就是了又吩咐司員等依命行去不許胡混亂動司官領命去了且說賈母那邊女眷也擺家宴王夫人正在那邊說不到外頭恐他老子生氣鳳姐帶病哼哼唧唧的說我看寶玉也不是怕人他見前頭陪客的人也不少了所以在這裡照應也是有的倘或老爺想起裡頭少個人在那裡照應太太便把寶兄弟獻出去可不是好賈母笑道鳳丫頭病到這地位這張嘴還是那麽尖巧正說到高興只聽見邢夫人那邊的人一直聲的嚷進來說老太太太太

不不好了多多少少的穿靴帶帽的強強盜來了翻箱倒籠的
來拿東西賈母等聽着發獃又見平兒披頭散髮拉着巧姐哭
啼啼的來說不好了我正與姐兒吃飯只見來旺被人拴着進
來說姑娘快快傳進去請太太們迴避外面王爺就進來查抄
家產我聽了着忙正要進房拿要緊東西被一夥人渾推渾趕
出來的偺們這裡該穿該帶的快快收拾王邢夫人等聽得俱
魂飛天外不知怎樣纔好獨見鳳姐先前圓睜兩眼聽着後來
便一仰身栽倒地下死了賈母沒有聽完便嚇得涕淚交流連
話也說不出來那時一屋子人拉那個扯那個正鬧得翻天覆
地又聽見一疊聲嚷說叫裡面女眷們迴避王爺進來了可憐

寶釵寶玉等正在沒法只見地下這些丫頭婆子亂抬亂扯的
時候賈璉喘吁吁的跑進來說好了好了幸虧王爺救了我們
了衆人正要問他賈璉見鳳姐死在地下哭着亂叫又見老太
太嚇壞了急得死去也回過來氣活來還虧平兒將鳳姐叫醒
令人扶着老太太也回過氣來哭得氣短神昏躺在炕上李紈
再三寬慰然後賈璉定神將兩王恩典說明惟恐賈母邢夫人
知道賈赦被拿又要唬死暫且不敢明說只得出来照料自已
屋內一進屋門只見箱開櫃破物件搶得半空此時急得兩眼
直豎淌淚發獃聽見外頭叫只得出來見賈政同司員登記物
件一人報說赤金首飾共一百二十三件珠寶俱全珍珠十三

掛淡金盤二件金碗二對金搶碗二個金匙四十把銀大碗八十個銀盤二十個三鑲金象牙筯二把鍍金執壺四把鍍金折盂三對茶托二件銀碟七十六件銀酒盃三十六個黑狐皮十八張青狐六張貂皮三十六張黃狐三十張猞猁猻皮十二張麻葉皮三張洋灰皮六十張灰狐腿皮四十張醬色羊皮二十張猢狸皮二張黃狐腿二把小白狐皮二十塊洋呢三十度嗶嘰二十三度姑絨十二度香鼠筩子十件豆鼠皮四方天鵝絨一卷梅鹿皮一方雲狐筩子二件貉崽皮一卷鴨皮七把灰鼠一百六十張獾子皮八張虎皮六張海豹三張海龍十六張灰色羊四十把黑色羊皮六十三張元帽沿十副倭刀帽沿十二副貂帽沿二副小狐皮十六張江貉皮二張獺子皮二張猫皮三五張倭緞十二度綢緞一百三十卷紗綾一百八一卷羽線縐三二卷鐠三十卷粧蟒緞八卷葛布三捆各色布三捆各色皮衣一百氌三二件棉夾单紗絹衣三百四十件玉玩三十二件帶頭九付銅錫等物五百餘件鐘表十八件朝珠九掛各色粧蟒三十四件上用蟒緞迎手靠背三分宮粧衣裙八套脂玉圈帶一條黃緞十二卷潮銀五千二兩赤金五十兩錢七千吊一切動用傢伙攢釘登記以及榮國賜第俱一一開列其房地契紙家人文書亦俱封裹賈璉在傍邊竊聽只不聽見報他的東西心裡正在疑惑只聞兩家王子問賈政道所抄家資內有

借券實係盤剝究是誰行的政老據實纔好賈政聽了跪在地下碰頭說實在犯官不理家務這些事全不知道問犯官侄兒賈璉纔知賈璉連忙走上跪下稟說這一箱文書既在奴才屋內抄出來的敢說不知道麼只求王爺開恩奴才叔叔並不知道的兩王道你父已經獲罪只可併案辦理你今認了也是正理如此叫人將賈璉看守餘俱散收宅內政老你須小心候旨我們進內覆旨去了這裡有官役看守說着上轎出門賈政等就在二門跪送北靜王把手一伸說請放心覺得臉上大有不忍之色此時賈政魂魄方定猶是發怔賈蘭便說請爺爺進內瞧老太太再想法兒打聽東府裡的事賈政疾忙起身進內只見各門上婦女亂糟糟的不知要怎樣賈政無心查問一直到賈母房中只見人人淚痕滿面王夫人寶玉等圍住賈母寂靜無言各各掉淚惟有邢夫人哭作一團因見賈政進來都說好了好了便告訴老太太說老爺仍舊好好的進來請老太太安心罷賈母奄奄一息的微開雙目說我的兒不想還見得着你一聲未了便嚎啕的哭起來于是滿屋裡人俱哭個不住賈政恐哭壞老母即收淚說老太太放心罷本來事情原不小蒙主上天恩兩位王爺的恩典萬般軫恤就是大老爺暫時拘質等問明白了主上還有恩典如今家裡一些也不動了賈母見賈赦不在又傷心起來賈政再三安慰方止衆人俱不敢走散獨

邢夫人回至自己那邊見門總封鎖了頭婆子亦鎖在几間屋內邢夫人無處可走放聲大哭起來只得往鳳姐那邊去見二門傍舍亦上封條惟有屋門開着裡頭嗚咽不絕邢夫人進去見鳳姐面如紙灰合眼躺着平兒在傍暗哭邢夫人打諒鳳姐死了又哭起來平兒迎上來說太太不要哭奶奶抬回來覺着像是死的了幸得歇息一回甦過來哭了几聲如今痰息氣定畧安一安神太太也請定定神罷但不知老太太怎樣了邢夫人也不答言仍走到賈母那邊見眼前俱是賈政的人自己夫子被拘媳婦病危女兒受苦現在身無所歸那裡禁得住衆人勸慰李紈等令人收拾房屋請邢夫人暫住王夫人撥人服侍

賈政在外心驚肉跳拈鬚搓手的等候旨意聽見外面看守軍人亂嚷道你到底是那一邊的既碰在我們這裡就記在這裡册上拴着他交給裡頭錦衣府的爺們賈政出外看時見是焦大便說怎麼跑到這裡來焦大見問便號天蹈地的哭道我天天勸這些不長進的爺們倒拿我當作寃家連爺還不知道焦大跟着太爺受的苦今朝弄到這個田地珍大爺蓉哥兒都叫什麼王爺拿了去了裡頭女主兒們都被什麼府裡衙役搶得披頭散髮擄在一處空房裡那些不成材料的狗男女却像猪狗似的攔起來了所有的都抄出來擱着木器釘得破爛磁器打得粉碎他們還要把我拴起來我活了八九十歲只有跟着

太爺捆人的那裡倒叫人捆起来我便說我是西府裡就跑出來那些人不依押到這裡不想這裡也是那麼着我如今也不要命了和那些人拚了罷說着撞頭衆役見他年老又是兩王吩咐不敢發狠便說你老人家安靜些這是奉旨的事你且這裡歇歇聽個信兒再說賈政聽明雖不理他但是心裡刀絞似的便道完了完了不料我們一敗塗地如此正在着急聽候內信只見薛蝌氣噓噓的跑進来說好容易進來了姨父在那裡賈政道來得好但是外頭怎麼放進來的薛蝌道我再三央說又許他們錢所以我纔能彀出入的賈政便將抄去之事告訴了他便煩去打聽打聽就有好親在火頭上也不便送信是你

就好通信了薛蝌道這裡的事我倒想不到那邊東府的事我已聽見說完了賈政道究竟犯什麼事薛蝌道今朝為我哥哥打聽決罪的事在衙內聞得有兩位御史風聞得珍大爺引誘世家子弟賭博這款還輕還有一大款是强占良民妻女為妾因其女不從凌逼致死那御史恐怕不准還將偺們家的鮑二拿去又還拉出一個姓張的來只怕連都察院都有不是為的是姓張的曾告過的賈政尚未聽完便跺脚道了不得罷了罷了嘆了一口氣撲簌簌的掉下淚來薛蝌寬慰了幾句即便又出來打聽去了隔了半日仍舊進來說事情不好我在刑科打聽倒沒有聽見兩王覆旨的信但聽得說李御史今早条奏平安

州奏京官上司迎合虐害百姓好幾大款賈政慌道那管他人的事到底打聽我們的怎麽樣薛蝌道說是平安州就有我們那參的京官就是赦老爺說的是包攬詞訟所以火上澆油就是同朝這些官府俱藏躲不迭誰肯送信就即如總散的這些親友有的竟㞩家去了也有遠遠兒的歇下打聽的可恨那些貴本家便在路上說祖宗撂下的功業弄出事來了不知道飛到那個頭上大家也好施威賈政沒有聽完復又頓足道都是我們大爺忒糊塗東府也忒不成事體如今老太太與璉兒媳婦是死是活還不知道呢你再打聽去我到老太太那邊瞧瞧若有信能彀早一步纔好正說着聽見裡頭亂嚷出來說老太太不好了急得賈政即忙進去未知生死如何下回分解

紅樓夢第一百五回終

紅樓夢第一百六回

王熙鳳致禍抱羞慚　賈太君禱天消禍患

話說賈政聞知賈母危急即忙進去看視見賈母驚嚇氣逆王夫人鴛鴦等喚醒回來即用疎氣安神的丸藥服了漸漸的好些只是傷心落淚賈政在旁勸慰總說是兒子們不肖招了禍來累老太太受驚若老太太寬慰些兒子們尚可在外料理若是老太太有什麼不自在兒子們的罪孽更重了賈母道我活了八十多歲自作女孩兒起到你父親手裡都托着祖宗的福從沒有聽見過那些事如今到老了見你們倘或受罪叫我心裡過得去麼倒不如合上眼隨你們去罷了說着又哭賈政此

時着急異常又聽外面說請老爺內廷有信賈政急忙出來見是北靜王府長史一見面便說大喜賈政謝了請長史坐下請問王爺有何諭旨那長史道我們王爺同西平郡王進內覆奏將大人的懼怕的心感激天恩之話都代奏了主上甚是憫恤并念及貴妃溘逝未久不忍加罪着加恩仍在工部員外上行走所封家產惟將賈赦的入官餘俱給還並傳旨令盡心供職惟抄出借券令我們王爺查核如有違禁重利的一概照例入官其在定例生息的同房地文書盡行給還賈璉着革去職銜免罪釋放賈政聽畢即起身叩謝天恩又拜謝王爺恩典先請長史大人代為稟謝明晨到闕謝恩並到府裡磕頭那長史去

了少停傳出旨來承辦官遵旨一一查清入官者入官給還者給還將賈璉放下所有賈赦名下男婦人等造冊入官可憐賈璉屋內東西除將按例放出的文書發給外其餘雖未盡入官的早被查抄的人盡行搶去所存者只有傢伙物件賈璉始則懼罪後蒙釋放已是大幸及想起歷年積聚的東西並鳳姐的體已不下七八萬金一朝而盡怎得不痛且他父親現禁在錦衣府鳳姐病在垂危一時悲痛又見賈政含淚叫他問道我因官事在身不大理家故叫你們夫婦總理家事你父親所為固難勸諫那重利盤剝究竟是誰幹的況且非咱們這樣人家所為如今入了官在銀錢是不打緊的這種聲名出去還了得嗎賈璉跪下說道侄兒辦家事並不敢存一點私心所有出入的賬目自有賴大吳新登戴良等登記老爺只管叫他們來查問現在這幾年庫內的銀子出多入少雖沒貼補在內已在各處做了好些空頭求老爺問太太就知道了這些放出去的賬連侄兒也不知道那裡的銀子要問周瑞旺兒纔知道賈政道據你說來連你自己屋裡的事還不知道那些家中上下的事更不知道了我這回也不來查問你現今你無事的人你父親的事和你珍大哥的事還不快去打聽打聽賈璉一心委屈含着眼淚答應了出去賈政嘆氣連連的想道我祖父勤勞王事立下功勳得了兩個世職如今兩房犯事都革去了我瞧這些子

住沒一個長進的老天啊老天啊我賈家何至一敗如此我雖蒙聖恩格外垂慈給還家產那兩處食用自應歸併一處叫我一人那裡支撐的住方纔璉兒所說更加詫異說不但庫上無銀而且尙有虧空這几年竟是虛名在外只恨我自已爲什麼糊塗若此倘或我珠兒在世尙有膀臂寶玉雖大更是無用之物想到那裡不覺淚滿衣襟又想老太太若大年紀兒子們並沒有自能奉養一日反累他嚇得死去活來種種罪孽叫我委之何人正在獨自悲切只見家人禀報各親友進來看候賈政一一道謝說起家門不幸是我不能管叫子侄所以至此有的說我久知令兄赦大老爺行事不妥那邊珍哥更加驕縱若說

因官事錯誤得個不是於心無愧如今自已鬧出的倒帶累了二老爺有的說人家鬧的也多也沒見御史叅奏不是珍老大得罪朋友何重如此有的說也不怪御史我們聽見說是府上的家人同几個泥腿在外頭哄嚷出來的御史恐叅奏不實所以誆了這裡的人去纔說出來的我想府上待下人最寬的爲什麼還有這事有的說大凡奴才們是一個養活不得的今兒在這裡都是好親友我纔敢說就是尊駕在外任我保不得你是不愛錢的那外頭的風聲也不好都是奴才們鬧的你該隄防些如今雖說沒有動你的家倘或再遇着主上疑心起來好些不便呢賈政聽說心下着忙道衆位聽見我的風聲怎樣衆

人道我們雖沒聽見實據只聞外面人說你在糧道任上怎麽叫門上家人要錢賈政聽了便說道我是對得天的從不敢起這要錢的念頭只是奴才在外招謠撞騙鬧出事來我就吃不住了衆人道如今怕也無益只好將現在的管家們都嚴嚴的查一查若有杭上的奴才查出來嚴嚴的辦一辦賈政聽了點頭便見門上進來回稟說孫姑爺那邊打發人來說自已有事不能來着人來瞧瞧說大老爺該他一種銀子要在二老爺身上還的賈政心內憂悶只說知道了衆人都冷笑道人說令親孫紹祖混賬真有些如今丈人抄了家不但不來瞧看幫補照應倒趕忙的來要銀子真真不在理上賈政道如今且不必說

他那頭親說原是家兄配錯的我的侄女兒的罪已經受彀了如今又拔我來正說着只見薛蝌進來說道我打聽錦衣府趙堂官必要照御史參的辦去只怕大老爺和珍大爺吃不住衆人都道二老爺還得是你出去求求王爺怎麽挽回挽回纔好不然這兩家就完了賈政答應致謝衆人都散那時天已點燈時候賈政進去請賈母的安見賈母畧畧好些回到自已房中埋怨賈璉夫婦不知好歹如今鬧出放賬取利的事情大家不好方見鳳姐所為心裡狠不受用鳳姐現在病重知他所有什物盡被抄搶一光心內鬱結一時未便埋怨暫且隱忍不言一夜無話次早賈政進內謝恩並到北靜王府西平王府兩處叩

謝求兩位王爺照應他哥哥姪兒兩位應許賈政又在同寅相好處託情且說賈璉打聽得父兄之事不很妥無法可施只得回到家中平兒守着鳳姐哭泣秋桐在耳房中抱怨鳳姐賈璉走近旁邊見鳳姐奄奄一息就有多少怨言一時也說不出來平兒哭道如今事已如此東西已去不能復來奶奶這樣還得再請個大夫調治調治纔好賈璉啐道我的性命還不保我還管他麽鳳姐聽見睁眼一瞧雖不言語那眼淚流個不盡見賈璉出去便與平兒道你别不達事務了到了這樣田地你還顧我做什麽我巴不得今兒就死纔好只要你能彀眼裡有我我死之後你扶養大了巧姐兒我在陰司裡也感激你的平兒聽

了放聲大哭鳳姐道你也是聰明人他們雖沒有來說我他必抱怨我雖說事是外頭鬧的我若不貪財如今也沒有我的事不但是枉費心計掙了一輩子的强如今落在人後頭我只恨用人不當恍惚聽得那邊珍大爺的事說是强占良民妻子爲妾不從逼死有個姓張的在裡頭你想想還有誰若是這件事審出來偺們二爺是脫不了的我那時怎樣見人我要即時就死又躭不起吞金服毒的你到還要請大夫可不是你爲顧我反倒害了我了麽平兒愈聽愈慘想來實在難處恐鳳姐自尋短見只得緊緊守着幸賈母不知底細因近日身子好些又見賈政無事寶玉寶釵在旁天天不離左右略覺放心素來最疼

鳳姐便叫鴛鴦將我體己東西拿些給鳳丫頭再拿些銀錢交給平兒好好的伏侍好了鳳丫頭我再慢慢的分派又命王夫人照看了邢夫人又加了寧國府第入官所有財產房地等並家奴等俱造冊收盡這裡賈母命人將車接了尤氏婆媳等過來可憐赫赫寧府只剩得他們婆媳兩個並佩鳳偕鸞二人連一個下人沒有賈母指出房子一所居住就在惜春所住的間壁又派了婆子四人丫頭兩個伏侍一應飯食起居在大廚房內分送衣裙什物又是賈母送去零星需用亦在賬房內開銷俱照榮府每人月例之數那賈赦賈珍賈蓉在錦衣府使用賬房內實在無項可支如今鳳姐一無所有賈璉況又多債務滿

身賈政不知家務只說已經托人自有照應賈璉無計可施想到那親戚裡頭薛姨媽家已敗王子騰已死餘在親戚雖有俱是不能照應只得暗暗差人下屯將地畝暫賣了數千金作為監中使費賈璉如此一行那些家奴見主家勢敗也便趁此弄鬼並將東莊租稅也就指名借用些此是後話暫且不提且說賈母見祖宗世職革去現在子孫在監質審邢夫人尤氏等日夜啼哭鳳姐病在垂危雖有寶玉寶釵在側只可解勸不能分憂所以日夜不寧思前想後眼淚不乾一日傍晚叫寶玉回去自己扎掙坐起叫鴛鴦等各處佛堂上香又命自己院內焚起斗香用拐拄着出到院中琥珀知是老太太拜佛鋪下大紅短

秥拜墊賈母上香跪下磕了好些頭念了一回佛含淚祝告天地道皇天菩薩在上我賈門史氏虔誠禱告求菩薩慈悲我賈門數世以來不敢行兇霸道我幫夫助子雖不能爲善亦不敢作惡必是後輩兒孫驕侈暴佚暴殄天物以致闔府抄檢現在兒孫監禁自然兇多吉少皆由我一人罪孽不教兒孫所以至此我今即求皇天保佑在監逢凶化吉有病的早早安身總有闔家罪孽情願一人承當只求饒恕兒孫若皇天見憐念我虔誠早早賜我一死寬免兒孫之罪默默說到此禁傷心嗚嗚咽咽的哭泣起來鴛鴦珍珠一面解勸一面扶進房去只見王夫人帶了寶玉寶釵過來請晚安見賈母悲傷三人也大哭起來

寶釵更有一層苦楚想哥哥也在外監將來要處決不知可減緩否翁姑雖然無事是見家業蕭條寶玉依然瘋傻毫無志氣想到後來終身更比賈母王夫人哭得更痛寶玉見寶釵如此大慟他亦有一番悲戚想的是老太太年老不得安老爺太太見此光景不免悲傷衆姐妹風流雲散一日少似一日追想在園中吟詩起社何等熱鬧自從林妹妹一死我鬱悶到今又有寶姐姐過來未使時常悲切見他憂兄思母日夜難得笑容今見他悲哀欲絕心裡更加不忍竟嚎啕大哭鴛鴦彩雲鶯兒襲人見他們如此也個個有所思便也嗚咽起來餘者丫頭們看得傷心也便陪哭竟無人解慰滿屋中哭聲驚天動地將外頭上

夜婆子唬慌急報于賈政知道那賈政正在書房納悶聽見賈母的人來報心中着忙飛奔進內遠遠聽得哭聲甚衆打諒老太太不好急得魂魄俱喪疾忙進來只見坐着悲啼神魂方定說是老太太傷心你們該勸解怎麼的齊打夥兒哭起來了衆人聽得賈政聲氣急忙止哭大家對面發怔賈政上前安慰了老太太又說了衆人幾句各自心想道我們原恐老太太悲傷故來勸解怎麼忘情大家痛哭起來正自不解只見老婆子帶了史侯家的兩個女人進來請了賈母的安又向衆人請安畢便說我們家老爺太太姑娘打發我來說聽見府裡的事原沒有什麼大事不過一時受驚恐怕老爺太太煩惱叫我們過來

告訴一聲說這裡二老爺是不怕的了我們姑娘本要自己來的因不多幾日就要出閣所以不能來了賈母聽了不便道謝說你回去給我問好這是我們的家運合該如此承你老爺太太惦記過一日再來奉謝你家姑娘出閣想來你們姑爺是不用說的了他們的家計如何兩個女人回道家計倒不怎麼着只是姑爺長的很好爲人又和平我們見過好幾次看來與這裡寶二爺差不多還聽得說才情學問都好的賈母聽了喜歡道咱們都是南邊人雖在這裡住久了那些大規矩還是從南方禮兒所以新姑爺我們都沒見過我前兒還想起我娘家的人來最疼的就是你們家姑娘一年三百六十天在我跟前的

日子倒有二百多天渾得這麽大了我原想給他說個好女壻又爲他妹妹不在家我又不便作主他旣造次配了個好姑娘我也放心月裡出閣我原想過來吃盃喜酒的不料我家鬧出這樣事來我的心就像在熟鍋裡熬的似的那裡能彀再到你們家去你回去說我問好我們這裡的人都說請安問好你替另告訴你家姑娘不要將我放在心裡我是八十多歲的人了就死也筭不得沒福的了只願他過了門兩口子和順百年到老我便安心了說着不覺掉下淚來那女人道老太太也不必傷心姑娘過了門等回了九少不得同姑爺過來請老太太的安那時老太太見了纔喜歡呢賈母點頭那女人出去別人都

不理論只有寶玉聽了發了一回怔心裡想道如今一天一天的都過不得了爲什麽人家養了女兒到大了必要出嫁一出了嫁就改變史妹妹這樣一個人又被他妹妹硬壓着配人了他將來見了我必是又不理我了我想一個人到了這個没人理的分兒還活着做什麽想到那裡又是傷心見賈母此時纔安又不敢哭泣只是悶悶的一時賈政不放心又進來瞧瞧老太太見是好些便出來傳了賴大叫他將閤府裡管事家人的花名册子拿來一齊點了一點除去賈赦入官的人尙有三十餘家共男女二百十二名賈政叫現在府內當差的男人共二十一名進來問起歷年居家用度共有若干進來該用若干出

去那管搃的家人將近來支用簿子呈上賈政看時所入不敷所出又加連年宮裡花用賬上有在外浮借的也不少再查東省地租近年頭交不及祖上一半如今用度比祖上更加十倍賈政不看則已看了急得跺脚道這了不得我打諒雖是璉兒管事在家自有把持豈知好幾年頭裡已就寅年用了卯年的還是這樣裝好看竟把世職俸祿當作不打緊的事情爲什麼不敗呢我如今要就省儉起来已是遲了想到那裡背着手踱来踱去竟無方法衆人知賈政不知理家也是白操心着急便說道老爺也不用焦心這是家家這樣的若是統搃算起來連王爺家還不彀不過是裝着門面過到那裡就到那裡如今老爺到底得了主上的恩典纔有這點子家產若是一並入了官老爺就不用過了不成賈政嗔道放屁你們這班奴才最沒有良心的仗着主子好的時候任意開銷到弄光了走的走跑的跑還顧主子的死活嗎如今你們道是沒有查封是好那知道外頭的名聲大本兒都保不住還擱得住你們在外頭支架子說大話誆人騙人到鬧出事來望主子身上一推就完了如今大老爺與珍大爺的事說是偺們家人鮑二在外傳播的我看這人口册上并沒有鮑二這是怎麼說衆人回道這鮑二是不在册檔上的先前在寧府册上爲二爺見他老實把他們兩口子叫過來了及至他女人死了他又回寧府去後來老爺衙門

年年過來了又王他大人死了他又叫寧府去後來老爺們
在那裡上的先前在寧府裡上為二爺見老太實把他們兩口
這人口那上并沒有甚麼二這是怎麼說了人回道這麼二是不
大老爺與珍大爺的事說是他們家人二在外傳播的故著
說大話嚇人騙人到開出事來望主子身上一推就完了如今
外頭的名聲大本是好像不作這攔擋住你們在外頭支架子
跑還顧主子的死活嗎如今你們道是沒有倉封是好那知道
真心的依著主子好的那條件意開銷弄光了走的走跑的
老爺就不用過了不成賈政道放屁你們這班奴才最沒有
爺到底得了主上的恩典總有這點子家產若是一非入了官

紅樓夢[illegible]第[illegible]回　十

王爺來了不發不過是發賞門而通到那裡說到那裡如今若
憑道老爺也不用焦心這是家家這樣的若是按著算起來連
來源上竟無方法來人知賈政不知理家也是白操心著急便
不敢說許如今要就省儉起來已是遲了想到那裡背著手踱
遠是這樣若沒有這見把持職俸據當作不打緊的事情為什麼
宿事他家自有把持這想那好兒年頭運已就演年用了他年的
賈政不看則已看了急得跺腳道這了不得我打諒是理說
省地租近年交不及祖上一半如今用度比祖上更加十倍
所出又少連年宮裡花用賺的有在外浮借的也不少再查東
去那裡的家人都近來又用盡了是上賈政看得所入不敷

事老太太們爺們往陵上去珍大爺替理家事帶過來的巳後
也就去了老爺數年不管家事那裡知道這些事來老爺打諒
冊上有這名字就只有這個人不知一個人手下親戚們也有
奴才還有奴才呢賈政道這還了得想去一時不能清理只得
喝退重人早打了主意在心裡了且聽賈赦等事審得怎樣再
定一日正在書房籌筭只見一人飛奔進來說請老爺快進內
廷問話賈政聽了心下着忙只得進去未知凶吉下回分解

紅樓夢第一百六回終

事各大太們爺們往陵上去珍大爺替理家事帶過來的已後
也就去了老爺數年不管家事那裡知道這些事來老爺打諒
冊上有這名字就只有這個人不知一個人手下親戚們也有
奴才還有奴才呢賈政道這還了得想去一時不能清理只得
喝退眾人早打了主意在心裡了且聽賈赦等事審得怎樣再
定一日正在書房籌算只見一人飛奔進來說請老爺快進內
廷問話賈政聽了心下着忙只得進去未知吉凶下回分解

紅樓夢第一百六回終